KB198694

아빠 시집

아빠 시집

좋은땅

시작하며

저는 문과적 성향을 가진 이과생이었습니다.
전공 공부에 몰두하며 많은 책을 읽었지만,
인생 전체를 돌아보면
인문학자들을 좋아했고, 그들의 책을 읽어 온 시간이 더 길었던 것 같습니다.

저는 미니멀리스트입니다.
아이와 함께 수학을 공부하여 공유하는 유튜버이기도 합니다.
관심이 있으시다면, '미니멀 수학' 채널에서 저를 만나실 수 있습니다.
얼굴이나 직업을 공개하지 않아 조심스럽지만,
채널의 모든 글과 영상은 하나하나 제 손으로 직접 만들어 담아 둔 제 모습입니다.

우리에겐 모두 아버지가 있습니다.

하지만 아버지의 감정을 읽어 볼 기회는 많지 않습니다. 적어도 저는 그랬습니다.

그 아쉬움을 배경으로, 아빠로서 제가 느껴 온 감정을 놓치지 않으려 애썼고, 시를 지었습니다.

어쩌면 많은 분들이 공감해 주실지도 모른다는 기대를 품으면서요.

시집을 읽으시는 동안

단 몇 번이라도,

"좋다….".라는 울림이 독자님의 마음에서 피어오를 수 있기를 소망합니다.

유로아빠 드림

목차

시작하며   4

지금이다

뛴다	13
지금이다	14
시	16
가슴을 쓸어내리며	18
더 지혜로운 아빠이고 싶다	20
마시멜로 테스트	22
사진첩	23
그건 좀 뭐랄까	24
계란후라이	26
같은 마음으로	28
다이어트법	30
발을 만지며	31
안경을 맞추며	32
생각해보니 그렇네	34

내가 널 지킬 방법   36

라면 스프   38

타당한 이유   39

야구 시간   40

단지우유   41

알고 싶어   42

아들이 자면 아빠는   44

저녁밥   45

네 덕을 본다   46

무지개   48

사랑의 정의   50

아내와 주식차트   52

안도하며 널 안는다   53

돈 안 되는 일을 찾아서   54

초품아   55

치킨 먹은 날   56

행복의 이름   58

너를 쓰지 않으리   60

모르는 아이에게   62

하다 보니   64

세차만 할 게 아니라   66

자랑   67

모래성   68

시간이 많아야 진짜 부자

아빠, 이제 갈까요?	73
도시의 장점	74
아이러니	76
시간이 많아야 진짜 부자	77
아이는 시인	78
기대	80
순서	81
수험생	82
고양이가 떠나고	84
팀플레이	86
대학 등록금	88
실수해도 돼요	90
태양계를 그리며	92
목표	93
죽음 소식을 접했다	94
공개수업 준비	96
오해	98
주사위	100
연습	102
그래?	104

귀동냥   105

다함께 돌봄센터   106

질문의 힘   108

살림살이   110

양치기 소년이 되지 않으려면   112

은퇴하면   114

중국집에서   115

보드게임   116

미니멀라이프   118

다른 해석   120

찍먹 부먹   122

프로젝트   124

원하는 바가 있어서다   125

엄마 아빠는 계획이 다 있단다   128

용돈   130

시간으로 널 키웠다   131

고민의 흔적   132

끝맺으며   134

엄마의 말   136

지금이다

뛴다

돌봄센터 입구에 내려주니
아이가 뛰어 들어간다
코앞인데 왜 뛸까?
다음 날도 뛰어 들어간다, 왜 뛸까?
아 그렇구나
좋아서다
센터에 놀러가는 게 신나서다

운동 가는 길에 멀리서 하교 중인 아이를 만났다
아이는 날 알아보고 웃으며

뛰어와 주었다

지금이다

아빠, 보세요
학교에서 컵 쌓기를 배워왔어요
컵 쌓을 거니까 타이머로 시간 좀 재주세요

아빠, 보세요
센터에서 방송댄스 배워왔어요
춤 보여드릴 테니까 노래 좀 틀어주세요

아빠, 보세요
선생님께 보드게임을 배워왔어요
제가 만들 테니까 가위 좀 주세요

…. 지금이다!
휴대폰 보느라 건성건성 봐선 안 된다

확언컨대
지금이

세상에서,
그리고 내 인생에서
가장 중요한 순간이다

시

시를 배운 적은 없지만,
김수영의 가르침에 용기를 얻어
시를 써본다

"온몸으로 밀어붙이면
그것이 바로 시가 되고,
삶이 되고,
사랑이 된다"

아이와 함께한 시간,
온몸으로 밀어붙였다

온몸으로 밀어붙인 사람이라면 누구나
시를 쓸 수 있다

시가 되고

삶이 되고

사랑이 된다

가슴을 쓸어내리며

아이에게 손목시계를 사주었어요

아이는 오른손이 마음에 들었는지
오른손에 시계를 차고 다녔어요

볼 때마다 불편했던 나는
두어 번 물어봤죠
"너는 왜 시계를 오른손에 차니?"

아이는 오른손에 차는 게 편하더라고요~
하며 싱긋 웃었어요

어느 날
아이의 시계가 왼손으로 이동한 걸 발견했어요

"너 왜 시계를 왼손으로 옮겼니?"

아이는 글씨 쓸 때 자꾸 닿아서 왼손으로 옮겼어요~

하며 싱긋 웃었어요

순간 저는 가슴을 쓸어내렸어요

다행이다

내가 그때 강요하지 않았어서

더 지혜로운 아빠이고 싶다

삼성이 1위 기아에 석패했다
9회에 역전하길 바랐건만
점수 차를 좁히지 못하고 지고 말았다

응원하던 아이는 태블릿을 덮어버리고는
씩씩거렸다

아이야 아빠도 그 맘 안단다
그럴 땐 실망하기보단
네가 더 잘하면 된단다
네가 직접 야구를 더 잘하고
네가 직접 수학을 더 잘하도록 하렴

아이는 수긍하고 화를 삭혔다

그날 저녁,
아파트 공터에 야구하러 갔다

인원이 맞아서 시합을 하게 됐는데
아이가 유독 강한 승부욕을 보였다
동생에게 져주지 않고 이기려 했다

아차차…
내가 해준 말이
지혜로운 조언이 아니었나보다

마시멜로 테스트

아이가 삼각김밥을 좋아해요

편의점에 들르면
저는 마시멜로 앞의 피실험자가 되어요

전주비빔밥 삼각김밥 앞에 서서
아빠는 고민해요

'삼각김밥은 몸에 안 좋아
지금 참으면 아이는 더 건강해져'

그치만 이걸 사 가면 아이가 좋아할 텐데?
"오~ 아빠 이거 맛있다" 하면서
바스락 베어 물 텐데?

아 참기 힘들다

사진첩

오랜만에 사진첩을 펼쳐보았다

"이때 머리 짧은 거 봐"
"표정 해맑은 거 봐"
"아이고, 예쁜 거 봐"

아빠, 제가 그렇게 예뻤어요?
아니, 네 엄마 본 건데?

그건 좀 뭐랄까

아이가 저보다 잘하는 것이 많아졌어요
큐브 맞추기, 체스 게임, 종이접기 같은 것들이에
요

그치만 여전히 제가 더 잘하는 것도 있죠
국어, 영어, 수학 같은 교과과목들은 제가 더 잘합
니다

아이는 아빠에게
큐브를 못 맞춘다고
체스 보는 수가 얕다고
종이 접는 게 야물지 않다고
뭐라 하지 않아요

그런데 아빠가 아이에게
문해력이 낮다고
영단어를 모른다고
셈이 서툴다고
뭐라뭐라 한다면

그건 좀 뭐랄까…
불공평한 것 같아요

계란후라이

드디어,
아들을 위한
완벽한 계란후라이 레시피가 완성됐어

올리브유 넉넉히
계란 다섯 톡톡 깨고
노른자는 모두 눌러 터뜨려야 해

소금 간을 하고
통후추 갈아서 노른자에만 살며시
부드러운 식감을 위해 타지 않게 구워내야 해

그리곤 아들 옆에 앉아,
한 개는 엄마, 한 개는 아빠가 함께 먹는 거야

맛있다고 맛있다고
맞장구쳐주며…

인생이 다 이 계란후라이 같아서
내가 아이에게 해줄 수 있는 가장 좋은 방법을
찾을 수 있다면 좋으련만

같은 마음으로

퇴근 후, 널 데리러 가면
오늘 만든 블록 작품을
꼭 입구까지 들고 나왔지

"아빠, 이건 문이고
이건 헬리콥터고
이건 트럭이에요"

이제 내가 시 한 편을 쓰면
꼭 네게 다가가 묻는다
"한 번 읽어봐줄래?"

문 앞에 쪼로로 걸어 나오던
그때의 너와,

같은 마음으로

다이어트법

먼저 아이의 배를 채우는 거야
나는 먹는 둥 마는 둥 하며 아이 밥을 챙겨줘

아이는 배가 차고
나는 마음이 차고

아이는 성장하고
나는 감량하고

…

아이가 잠들고
나는 냉장고를 열어본다
아, 이건 아닌가?

발을 만지며

아이가 감기에 걸렸다
약을 개어 먹이고
이불 덮어 재웠다

아이와 반대로 누워,
발끝을 만지며 생각에 잠긴다

뭘 더 해줄까 고민했지만
별달리 더 해줄 건 없었다

나는 작은 발을 잡고
엄마는 품에 아이를 안고
그저 그렇게 잠들며
기다릴 뿐이다

안경을 맞추며

아이 녀석, 학교에서
시력 재검사 종이를 받아 들고 왔다

마침 집 앞에 안경점이 생겼으니
한번 가보자

"초등 2학년부터 어떡해"
"번거로울 텐데, 어떡해"
걱정이 많은, 안경 유경험자 엄마

"이건 가볍네"
"이건 휘어지네—"
안경이 신기한, 안경 첫 경험자 아들

"동그란 게 어울리네"

"오오, 학구적이다. 멋있네"
그저 아들이 귀여운, 안경 무경험자 아빠

아빠 참 근시안적인가봐
특히 너의 귀여움 앞에선

생각해보니 그렇네

차를 무척 아끼는 편이다

운전대에 기름기가 묻으면
즉시 물휴지를 꺼내 강박적으로 닦아야 하는 성격
이다

오늘 아이가 차에서 울었다
뭐가 그리 서러웠는지 눈물을 흘렸다

마침 신호가 걸리고 아이를 달랬다
아이 왼쪽 눈에 흐른 눈물을
오른손으로 닦아주었다

집에 와서 생각하니
내가 운전대를 닦지 않았다

...

생각해보니 그렇네

내가 널 지킬 방법

언제 가장 슬프고 서러웠는지
가만히 생각해봤다
억울할 때였다

아이도 다르지 않겠지

그래서 난,
아이가 억울하다 말하면

쉬이 넘기지 않고
결코 말 끊지 않으며
들어줄 생각이다

세상에

단 한 사람만 제대로 들어줘도
죽기만큼 억울하진 않을 테니까

라면 스프

아이의 건강을 위해
라면 스프는 반만 넣는다

아니,
반 넣고 나서
잠시 고민하다가
몇 꼬집 더 넣는다

몇 꼬집뿐이지만
속으로 외친다
맛있어져라
맛있어져라

타당한 이유

아빠,
한 바퀴만 돌아도
수경에 안개가 껴요

그래?
그럼 아빠가
더 좋은 거 사줄게

아니에요, 괜찮아요
아직 저,
한 바퀴밖에
못 돌아요

야구 시간

내가 어릴 땐
아버지가 너무 바빴다
일 보시느라
나와 놀아줄 시간이 없었다

요즘은
아이들이 너무 바쁘다
숙제에 운동에
시간표가 꽉 찼다

아버지랑도 못 놀고
아들과도 못 노는 나,
바쁜 아버지와 야구했던 기억을 더듬으며
바쁜 아이에게 아빠의 시간을 건네 던진다

단지우유

아이가 골라온 단지우유 라이트맛

아이가 삼각김밥을 먹는 동안
이걸 내가 까줄까 말까
심각하게 고민했다

까주면 더 편하게 먹을까
아니면, 오늘은 스스로 까보고 싶을까

우유마개를 골똘히 바라보다
푸핫, 웃음이 터졌다

별걸 다 고민하는구나
나도

알고 싶어

아이에게 묻는다
아무래도 좋을 법한
사소한 것들까지

그림 하나를 그릴 때도
색종이에 그릴지, 도화지에 그릴지
색연필이 좋은지, 사인펜이 좋은지
나누어 그릴지, 함께 그릴지를 물어보았다

말하자면 그건,
네가 무엇을 좋아하는지 알아가는 과정이었어
아무리 부모라도 너를 다 알 순 없었거든

묻고, 관찰하고, 직접 겪은 뒤에야

비로소 알게 되었지

네가 좋아하는 것들

아들이 자면 아빠는

아들이 자면 아빠는
오른손으로
아이 이마를 만져서 쓸어 올린다

땀이 만져지면
에어컨 온도를 28도에서 27도로 1도 낮춘다

아이가 잠들었다

손으로 이마를 만져 쓸어 올려 보았다
땀이 만져지지 않았다

괜히 섭섭했다

저녁밥

"아빠, 오늘 저녁은 뭐예요?"
부담스럽지만
사실은 설레는 그 한마디

오늘 이 한 끼를 위해,

아빠와 엄마는
고된 하루를 지나
저녁을 고민하며
너를 기다린다

어쩌면
달뜨게 웃으며
밥숟가락을 들 너를.

네 덕을 본다

테이블에 거치대를 다는 작업이었다
아이야, 네가 좀 잡고 있으면
아빠가 이 전동드릴로 나사를 박으마

드륵 드르륵
드르륵 팅

아이쿠, 나사가 빠졌어
아이야, 잠시만 잡고 있어라
그래, 그래, 놓지 말고

드륵 드르륵
드르륵 탁
탁탁

어 됐어, 이제 놔도 돼

아이고, 아이야

이제 아빠가 네 덕을 본다

무지개

육교 앞,
무지개가 떠오른다
땀방울 머금은 말간 무지개가
오르막길 따라 떠오른다

빨간 책가방 메고,
주황 줄넘기 잡고,
초록 잠바 입고,
파란 시계를 찬 아이

노란 아이가,
나 닮은 노란 아이가
오르막길 따라 떠오른다

선명한 색을 품고,

육교 앞에 떠오른다

사랑의 정의

함께 있고 싶다
사랑한다는 뜻이다

떨어져 있고 싶다
사랑하지 않는다는 뜻이다

아이는 그 누구보다 부모를 사랑했다
그래서 어릴 적엔
그리 많이도 울었다

"엄마, 같이 가!"
"아빠, 가지 마!"
"엄마, 이리 와봐"
"아빠, 이리 와봐요"

"이거 같이 하자"
"같이 그림 그리자"
"혼자 있기 싫어"

이 모든 말들은
단순한 부탁이 아니라
곧 '사랑한다'는 말이었다

세상은 부모가 아이를 더 사랑한다고 말하지만,
실은 아이가 부모를 훨씬 더 사랑한다

아내와 주식차트

"빨간 게 좋은 거야, 파란 게 좋은 거야?"

너무나 기본적인 질문에
심각하게 차트를 보다가
나도 모르게 웃음이 터져 나왔다

여보,
주식을 하나도 모르는 당신이 좋아
순수하고, 참 귀여운 당신이

안도하며 널 안는다

사랑은 눈을 마주치는 것
사랑하는 이가
행복한지, 그늘이 없는지
끊임없이 살피는 것

아침마다 널 만나면
오늘 맞이할 하루에 근심이 스며 있진 않은지
조심스레 살펴보고
안도하며 널 안는다

저녁마다 널 만나면
오늘 겪은 네 하루에 어둠이 깃들진 않았는지
다시 한 번 살펴보고
안도하며 널 안는다

돈 안 되는 일을 찾아서

돈 안 되는 일을 한다는 건
내가 좋아하는 일을 한다는 것

신중하게 시 쓰기
가을이 스며든 거리를 아내와 걷기
가벼운 옷차림으로 수성못 달리기
도서관 구내식당에서 돈까스 사 먹고 웃기

돈 안 되는 일이 많아진다는 건
내가 진정 사랑하는 것들로
삶을 채운다는 것

초품아

요즘 인기라더라
학교 가까운 아파트,
'초품아'라 부른대

아들아, 일로 와봐
아빠가 한번 안아보자

나도 초품아 할래
초등학생 품은 아빠

치킨 먹은 날

짠맛 때문이었을까, 새벽에 갈증이 나서 깼다
물을 마시고 아내랑 사과를 깎아 먹는데
눈 비비며 아이가 걸어 나왔다

"아이야, 너도 짰니?"
비몽사몽한 아이 눈에 불빛을 가려주고
작은 입에 사과 한 조각을 넣어주었다

어릴 땐 네가 깨면 늘 아쉬웠어
겨우 육퇴했는데… 어떻게 또 재우나 싶었지

그런데 이젠 이상하게도
네가 깨어난 게 반갑기만 하구나

못다 한 이야기 나누고
사과 나눠 먹으며
그렇게 놀다가 다시 잠들자

아이가 깨어난 게 반가웠던 밤
아이와 실컷 더 논 그날 밤

행복의 이름

행복이 무엇이냐 묻는다면

봄에는 꽃비를 맞으며 웃고
여름엔 물살을 가르며 놀고
가을엔 단풍 그늘 아래 쉬고
겨울엔 얼음 위를 달리는 것

아침엔 진한 커피향을 맡고
점심엔 뉴스로 세상 이야기를 듣고
저녁엔 가족과 따뜻한 밥을 나누고
밤에는 시 한 줄을 적는 것

어릴땐 해질녘까지 뛰어놀고
청년엔 뜨겁게 사랑하고

중년엔 땀 흘려 운동하고
노년엔 친구와 담소를 나누는 것

행복은 그렇게,
계절처럼 흐르고
하루처럼 반복되며
삶의 자락에 깃들어 있는 것

너를 쓰지 않으리

사랑한다는 건
아낀다는 것.

아낀다는 건
안 쓴다는 것.

사랑하는 나의 가족,
내 사랑의 방법은
너를 쓰지 않는 것

너 대신 나를 쓰고도
나 기꺼이 기쁜 것

어떻게든 너를 쓰려는
비정한 세상 속에서

나만은 끝까지
너를 쓰지 않으리

너 대신 나를 쓰고도
나 언제나 기쁘리

모르는 아이에게

하키 옷을 입으며
옆에 앉은 아이를 보았어요
어디선가 본 것 같기도 하고,
처음인 듯도 한 얼굴

낯익지만 모르는 아이
옷 갈아입으며 몇 번 마주친 아이
같은 팀은 아니지만
같은 링크를 함께 누빌 아이

아들아, 그럴 땐
먼저 인사를 해보렴

인사하고 나면

몰랐던 아이도 친구가 되거든

하다 보니

수영 연수반
1번 주자 심 교수님

어쩌면 그렇게
수영을 잘하시냐고 물으니
미소 지으며 말끝을 흐리셨다
"하다 보니…"

그의 말은,
곱씹을수록
탁월한 답변이었다

그가 특별해서가 아니라
시간과 노력을 들였다는
겸손함이 담겨 있다

나도 시간을 들이면

잘할 수 있다는

은근한 격려도 함께 담겨 있다

그래, 열심히 하다 보면 될 거야

그래도 안 되면 안 하지 뭐

세차만 할 게 아니라

바닥 매트만 털 게 아니라
아이 신발 속
운동장 모래도 털어주자

휠만 닦을 게 아니라
아이가 잠든 틈에
길어진 발톱도 다듬어주자

유리창에 붙은 낙엽만 뗄 게 아니라
가끔 아이의 가윗날 사이에 낀
테이프도 떼주자

자랑

"학교에서 자랑하는 친구들이 있어?"

"네"

"어떤 자랑을 해?"

"뭐, 은색 색종이나, 금색 색종이, 그런 거요"

모래성

아빠는 너의 모래성

너의 관심과
너의 손길로

그것으로 더 바랄 게 없는
작은 모래성

때가 되어 바다가 깊어지면
파도가 와 나를 씻겠지

그때, 슬퍼하지 말고
아쉬워도 말아라

차라리 해맑게
까르르 웃어라

시간이 많아야
진짜 부자

아빠, 이제 갈까요?

들을 때 기분 좋은 말,
아빠로서 뿌듯해지는 말,

"아빠, 이제 갈까요?"

그만 가야 한다고 보채지 않고
아이가 원할 때까지,
끝까지 기다려주었을 때에만
들려오는

나에겐 칭찬 같은 그 말

도시의 장점

도시의 장점은
저장하지 않아도 됨이다

가령 과자란 녀석을 생각해보면
우리 집엔 과자가 없다
먹고 싶은 날엔 편의점이나 무인점포에 들러
하나만 사와서 먹는다

그러면 여러 좋은 점이 있는데
이를테면
습관적으로 먹게 되지 않는다는 점,
그 흔한 과자 하나 사러 가는 일이
하나의 이벤트가 될 수 있다는 점이다

아, 물론 아예 안 먹는 것이
건강에는 더 좋겠지만은

먹고 싶은데 아예 살 방법이 없다는 건
아이에게나 나에게나 너무 슬픈 일일 듯싶다

아이와 손잡고 편의점에 다녀와서
새우깡 하나를 집어먹으며 든 생각이다

아이러니

식당 옆테이블에서
엄마들의 고민이 담긴 대화가 들린다

학습지는 뭐 뭐 해?
그 학원은 어떻대?
영어 유치원은 필수래

각자의 아이들은
밥을 떠먹지 않고
휴대폰으로 영상을 보고 있었다

익숙한 듯 폰을 거치대에 두고
맘에 드는 영상을 골라 튼다

시간이 많아야 진짜 부자

어느새 귀에 익은 말이 있다
내가 시간이 없어서,
내가 지금 바빠서

여기서 그치면 좋으련만,
바쁘다 바쁘다 하면서도
옷에, 차키에, 표정 곳곳에
돈 자랑을 한껏 부려 두셨다

바보야,
시간이 많아야 진짜 부자야

아이는 시인

오락실에 처음 간 날,
총을 보며 말한다
"기름 넣는 거"

포슬포슬, 인도 옆
쌓인 눈을 가리키며
"알코올 솜"

네모난 카메라를 마주 보자,
휴대폰처럼 세로로 돌리며
"아빠, 이게 똑바로예요"

어른에게 익숙한 걸
아이는 낯설게 본다

그것이 시인의 시선,

탁월한 시인의 자질

기대

우르르 좁은 입구를 빠져나올 때
우린 네가 제일 먼저 나오길 바라지 않는다

복잡한 흐름 속에서도
뒤에 오는 친구를 위해
문을 살며시 잡아주는 모습을 기대한단다

순서

선택과 집중,
무서운 말이다

어른의 선택으로
아이가 집중해야 할 수도 있으니까

하지만,
순서를 바꾸면 괜찮다

아이의 눈길이 닿는 곳,
그 집중을 따라
선택하면 되니까

수험생

아이가 초등학교에 입학하는 건
어쩌면 부모에게 주어진 시험이다

그동안 자녀를,
학교 갈 준비가 된 아이로
잘 키웠는지 평가받는
중요한 시험이다

그런 마음이니,
입학 전에 아내와 난
무척 걱정하고 긴장했다

그런 마음이니,
입학 후엔 오히려
시험을 마친 수험생처럼 홀가분했다

여보,

우리 이제 큰 시험 하나를 치뤘으니

떡볶이나 먹으러 갑시다

고양이가 떠나고

고양이가 아팠다
끝내 떠났다
분골을 받아 안고, 울었다
4년 전의 일이다

"고양이를 다시 키우고 싶어"
아이가 말했다
고양이를 잃고
4년 만의 일이다

이제 아이는 고양이의 꼬리를 잡지 않는다
애써 그린 그림을 뜯어 놓아도,
뛰노느라 잠을 깨워도,
아이는 고양이를 탓하지 않는다

빌려온 책들 사이,
고양이에 관한 책을
유난히 오래 읽었다

고양이가 아프고
고양이가 떠나고
분골을 안고 울던 아이는

어느새 조용히 성숙해 있었다

팀플레이

아내와 저는 약속해둔 팀플레이가 있어요
대화를 하다가도
아이가 말을 하면
즉시 하던 말을 멈추는 거예요

정적—
엄마 아빠는 말을 멈추고
아이의 말을 귀담아 들어요

팀플레이가 잘될 때 느껴지는
좋은 기분이 있어요

동시에 약속한 정적이 흐를 때,
킥킥 웃음이 나고

문득문득

아내와 결혼하길 잘했다는 생각이 듭니다

대학 등록금

네가 받은 세뱃돈,
차곡차곡 모으자

네 돈의 출처는
할머니, 할아버지, 삼촌, 숙모, 이모, 고모
때로는 당근거래 아저씨, 이삿짐 사장님, 미용실
원장님, 옆집 아주머니

모아진 돈의 목적지는
너의 대학 등록금

가난해서 대학을 못 간 게 슬펐다는
한 대통령의 위인전을 읽고,
네가 결심한 돈의 사용처

저축의 이유는 분명해졌고
아이의 바람은 건실해졌네

네가 그런 마음이라면,
대학에 가도 좋겠다

실수해도 돼요

유아 때부터 유리컵을 썼던 아이,
두 번 깨더니 조심해서 잘 써요

미취학 때부터 소액송금을 도맡은 아이,
카카오뱅크 로그인하고 송금까지 척척 해요

어릴 때부터 엄마 운전을 돕던 아이,
보조석에 앉아 목적지 찍고 길 안내를 맡아요

유리 깨도 돼요
송금 실수해도 돼요
길 돌아가도 돼요

어린이는 실수해도 돼요

믿고 기다리면

분명히 엄마보다 아빠보다

더 잘할 거예요

태양계를 그리며

부모로서 위대한 일은
아이에게 거창한 것을 해주는 게 아니다

사소하지만 중요한 일,
그것은 아이 곁에 있어줌이다

어제, 아이 혼자 그리다 만 태양계
오늘 나와 함께 완성한 태양계

부모로서 위대한 일은
아이를 데리고 우주로 가는 게 아니라
아이와 함께 우주를 그리는 것이다

목표

엄마아빠의 목표는
너에게 사랑을 받는 거란다

"내가 널 어떻게 키웠는데"
라는 말 대신
"엄마가 날 어떻게 키웠는데"
라는 말을 듣고 싶단다

우리가 널 찾기 전에
네가 원해서
우리를 만나러 왔으면 한단다

엄마아빠의 진짜 목표는
너에게 사랑을 받는 거란다

죽음 소식을 접했다

황망한 그의 죽음 앞에서
우리의 감정과 슬픔을
아이에게 숨김없이 보여준다

슬픔이 옅어질 무렵,
마음을 추스르고
일상을 다시 시작하는 모습을
아이에게 그대로 보여준다

떠난 이에게 애도는 충분히,
내 삶은 더욱 간소하게

언젠가 너도 같은 일을 겪더라도
스스로 마음을 추스르고

일상을 다시 시작할 수 있어야 한단다

너를 그런 사람으로 키우는 것이
우리에게는 무척 중요한 일이란다

공개수업 준비

아들의 공개수업일이 다가오자
우리 집은 바빠졌다

종이에 책걸상 위치를 그리고,
친구들의 이름을 적어본다

완성된 위치도를 조심스레 잘라
휴대폰 뒤에 붙여 놓는다

그리고 아이에게 묻는다,
한 명, 한 명씩

"은채는 엄마가 알아,
규민이는 어떤 친구야?
원이는 또 어떤 친구야?"

일주일 동안

손때 묻은 도면 위에

아이의 친구들을 떠올리며

공부하고 또 공부한 아내는

자신감이 가득 찬 눈빛으로

학교로 향했다

오해

학원에 안 보내니
사람들은 우리가
너의 공부에 무심한 줄로
오해하더라

아니란다,
우리는 네가 당연히
학업에 충실해야 한다고 생각한단다
다만, 구체적인 목표가 다를 뿐이야

누가? 너 스스로
언제? 성인이 되어
어디서? 네가 전공을 정하고 실력을 쌓을 그곳에서

무엇을? 깊고 폭넓은 학문을
왜? 네가 진정 즐거워서
어떻게? 치열하지만 뿌듯하게

정확히 말하자면,
그 반대가 될까봐
널 지금 학원에 보내지 않는 거란다

주사위

이사를 결정하고
짐을 싸며 중얼거린다
"주사위는 던져졌다"

아들아,
우린 이렇게 저지르고
수습을 잘하는
그런 부부란다

너도 언젠가는
걱정 속에서
주사위를 쥐고만 있는 사람이 아니라,

망설임 없이

주사위를 던질 줄 아는
사람이 되었으면 좋겠다

연습

아이 혼자,
집에서 출발해서 학교까지 걸어가기

초등학교 입학 전에
우린 이걸 함께 연습했다

엄마는 먼 발치에서,
아이 뒤를 따라가며
신중한 걸음 걸음에 눈 떼지 않고
마음으로 응원한다

아빠는 목적지에서,
움직이고 싶지만 꼼짝 않고
아이의 무사 도착을 기다린다

도착한 아이와 손잡고
곧이어 도착할 엄마를 기다리며
아이는 뿌듯함에
웃고 있었다

그래?

개근하면 개근거지래
그래?
그럼 넌 꼭 개근을 해보렴

학원 안 다니는 친구가 없어
그래?
그럼 넌 학원 안 다니는 학생이 되어보렴

휴대폰 없는 애가 이제 나밖에 없어
그래?
그럼 아빠도 같이, 휴대폰 없는 어른이 되어볼게

귀동냥

부동산 사무실에 아이를 데려갔다
아이는 책을 챙겨
귀퉁이에 따로 앉았다

아이는 잠자코 책을 읽고 있었지만
아마도 귀동냥으로 꽤 많이 배웠을 것이다

어떻게 거액의 거래가 이뤄지는지
어떻게 각자의 입장이 조율되는지
어떻게 서로의 안전이 담보되는지

살면서 얼마나 약속이 중요한지
살면서 얼마나 목돈이 필요한지
살면서 얼마나 좋은분 만나는게 행운인지

다함께 돌봄센터

센터에서 공기를 배웠는데
잘 못하겠다는 아이
몇 주가 지나자
아리랑에 요리랑에
아주 공기 귀신이 됐네

센터에서 댄스를 배웠는데
몸이 잘 안 따라준다는 아이
몇 주가 지나자
아이브에 뉴진스에
아주 댄싱머신이 됐네

센터에서 보드게임에 졌다며
화가 머리끝까지 난다던 아이

몇 주가 지나자
결과를 담담히 받아들이는
멋진 어린이로 변했네

오늘도 센터는
배움으로 가득하네

질문의 힘

지하 주차장에서 아이가 묻는다
"아빠 익일이 뭐예요?"

"내일이라는 뜻이야"
"아, 그럼 이튿날이랑 같은 거네요?"
"그렇지"

아내에게 이 얘길 하니
예전에 익일에 대해 알려준 적이 있었단다

기억에 잊혀졌지만,
'23시 자동 닫힘, 익일 출차'
라는 문구에, 아이가 다시 궁금해진 것이다

우린 깨달았다
알려주는 것만으론 부족하단 걸

아이의 조잘조잘 질문에
최선을 다해
정말 최선을 다해
귀 기울이고 성의 있게 반응해야 한다는 걸

살림살이

카드만 쓰다보니
돈 감각이 흐려졌어

소비가 체감되도록
이제 매일 밤
바둑돌을 꺼내자

흰돌은 2만 원
흑돌은 5천 원

통에 담긴
바둑돌 200만 원이
우리 집 한 달 생활비

쌀통이 비듯
바둑알이 적으면,
우린 합심해 돈을 아낀다

딴 구슬 모은 듯
바둑알이 많으면,
바둑알만 만져도
우린 행복해

살림이 뭐 별거겠니?
그건,
바둑돌을 남기는 놀이

양치기 소년이 되지 않으려면

아이를 키우며
제일 중요한 게 뭘까
아내에게 물었다

"권위지"

이를테면 이런 거야
부모가 부르면,
아이는 즉시 하던 걸 멈추고
달려올 수 있어야 해

단, 여기엔 작은 약속이 있어

정말 중요할 때만 부를 것

어지간해선
아이의 시간을 방해하지 않을 것

막상 왔는데 별 일이 아니라면
그때부터 엄마아빠는
양치기 소년이 될 테니까

은퇴하면

은퇴하면 꼭 수영장과 도서관이 가까운 집에서 살자는 아내에게 물었다

"나이 다 들어서 책 봐서 뭐하려고?"

아내는 답했다

"그럼 나이 다 들어서 책 안 보면 뭐하려고?"

할 말이 없었다.

중국집에서

인문학이란
메뉴를 통일하지 않고
각자 원하는 걸 주문하는 것

인문이란
인간의 문양이라는데
개인의 입맛조차 존중 못 한다면
그게 어찌 인문이겠는가

그래서 오늘도,

나는 짬뽕
아이는 자장면
아내는 중화비빔밥

보드게임

언젠가 아이의 판단력이
나의 판단력보다 예리해질 때가
올 것을 알고 있습니다

내가 전력을 다했음에도
대부분의 게임에서 패하게 되는 날

그땐 더 이상
아이의 삶에 조언할 필요가 없을 것입니다

내 판단력보다
아이의 판단력이 더 나아졌다는
증거일 테니까요

보드게임을 하며

아빠는 사실 이런 심오한 생각도

함께 하고 있었답니다

미니멀라이프

우리 집은 늘 셀프이사

살던 집 청소를 마치고
이사 갈 집 청소를 하러 간다

살던 짐 하나하나 골라 싸고
이사 가서 하나 둘 풀어 본다

아이야, 우리,
직접 옮길 수 있는 물건만 가지자

누군가의 수고를 빌려 옮길 물건은
가지지 말자

아빠 한쪽, 엄마 한쪽,
너 한쪽 들고, 끙끙

직접 옮긴 물건만
진짜 우리 거라 여기자

다른 해석

아이의 댄스 공연 날,
꽃다발 대신
종이를 오려 붙여
왕메달을 만들어주었다

아이의 생일날,
케이크 대신
김밥을 원뿔로 쌓아
어린이집에 보냈다

3월 14일,
사탕 대신
아이와 함께
3.141592 파이를 외웠다

크리스마스 날,
선물 대신
도화지에 캐롤을 적어
함께 불렀다

소비는 주어진 해석,

걷어내려 애써보는
우리의 다른 해석

찍먹 부먹

공부는 소스 같은 것

아이가 좋아할지 싫어할지 모른 채
서둘러 부어버리면 안 된다

무엇을 좋아할지 모르니
삶에 필요한 다양한 공부 소스를
찍어주며 천천히 맛보게 한다

입맛이 변할 때마다
새로운 소스를 조금씩 찍어 주다가

언젠가 스스로
마음에 드는 소스를 고르고

아주 듬뿍,

붓는 날이 오겠지

프로젝트

공부를 거대한 프로젝트로 여기지 말자
공부는 작은 프로젝트들의 모음이다

시험을 망쳤어?
그건 공부 전체를 망친 게 아니야
단지 그 과목, 그 단원의 프로젝트에서 실패한 것뿐

그렇다면 그 실패를 계기로
놓친 단원을 다시 들여다보자

바쁘게 다음 진도 나가지 말고
실패한 프로젝트로 꼭 다시 돌아오자
반드시 그걸, 더 근사하게 마무리 짓자

원하는 바가 있어서다

테슬라 전기차는 누가 만들었을까?
단편적인 질문이다

테슬라 전기차는 어떻게 만들었을까?
좋은 질문이지만, 가장 중요한 질문은 아니다

테슬라 전기차는 왜 만들었을까?
이것이 내가 생각하는 가장 중요한 물음이다

아이의 학업도 그렇지 않을까?

아이가 어느 대학에 갈 것인가?
단편적인 질문이다

아이가 어떻게 공부를 잘 할 것인가?
좋은 고민이지만, 가장 중요한 건 아니다

아이가 왜 공부를 해야 할까?

아빠의 경우를 예로 들자면,
아빠가 열심히 공부한 이유는
원하는 바가 있어서였다

아빠가 지금 열심히 일하는 이유도
내가 원하는 바가 있어서다

너도 만약 그러하다면,
애쓰며 공부하는 과정이
그리 고되지만은 않을 것이다

원하는 바가 있다면
네가 정말 원하는 바가 있다면

엄마 아빠는 계획이 다 있단다

네가 초등학교 땐
학교 마치고 집에 와서
꽁냥꽁냥하다가 자면 된다

네가 중학생이 되면
학교 마치고 집에 와서
꽁냥꽁냥하다가 자면 된다

네가 고등학생이 되어도
달라질 건 없단다

학교는 좀 늦게 마치겠지만
엄마 아빠의 흰머리는 많이 늘었겠지만
나이 들어 좀 덜 곰살맞겠지만

그래도 엄마아빠 안아주고
엄마아빠랑 이야기하고
그렇게 하루를 보내다오

학교 마치고 집에 와서
꽁냥꽁냥하다가 잠들어다오

용돈

용돈이 없다니,
그럼 아이가 어떻게 사냐고들 묻는다

하지만 전혀 문제없지
필요한 것은 가족 생활비로 사면 되니까

아이는 자연스레 우리의 소비 습관을 배우고,
우리는 아이의 취향을 더 정확히 알게 될 테니까

그러니 너의 음료수 사 먹음은
단순한 용돈 씀이 아니라
우리 집의 소비이자,
짚어봐야 할 우리의 지출이다

시간으로 널 키웠다

돈이 아닌, 시간으로 널 키웠다

그래서 엄마아빠는

돈이 모자란 적은 없었다

대신, 너와 함께할 시간은 언제나 부족했지

만남을 줄이고

취미를 미루고

일하는 시간을 나눠서

더 많은 시간을 쏟아 너를 품었다

단언컨대 우린

돈이 아닌 시간으로 널 키웠다

고민의 흔적

무엇이 이로운지
정신 없이 선택했던 하루의 끝에,

무엇이 타당했는지
조용히 시간을 들여 되짚어본다

이로웠지만 타당하지 않은 것,
타당했지만 이롭지 않은 것

그 선택과 이어진 결과들을 기억하기 위해
나는 차분히 시간을 들여
고민의 흔적을 남긴다

끝맺으며

고맙습니다.

짧고 자극적인 영상이 소비되는 요즘입니다.
그럼에도 불구하고 투박한 한 아빠의 마음에 눈길
을 주셔서 감사합니다.

좋은 사람이 되기는 무척 어려운 것 같습니다.
어쩌면 불가능해 보이기도 합니다.

그래서 저는 좋은 사람이 되기보다는
진솔한 사람이 되고자 합니다.
솔직한 글을 쓰고, 진실된 글을 읽는 걸 참 좋아합
니다.

혹시 제 글이, 제가 좋아하는 진실된 글과 같은 의미로 독자님께 전해질 수 있다면,
그 또한 저에겐 큰 감사이자 행복입니다.

엄마의 말

그는 분홍빛 예쁜 벚꽃이 피어도 무덤덤한 사람이
었습니다.
알록달록 단풍이 들어도 담담하게 지나갔어요.

그런 그와 부부가 되고 부모가 되었죠.
아이가 태어나는 순간에도 그는 별다른 동요가 없
어 보였습니다.

그랬던 그가 어느 날 갑자기 시를 쓰고 싶다고 했
습니다.

그를 안다고 생각했기에 당연히 흘려들었어요.

잠들기 전 한 편씩
자고 일어나면 두 편씩
꼬박 쓴 시를 보여주며
뿌듯해하는 모습을 보니
저도 덩달아 행복했습니다.

어느새 흐릿해진 우리들의 소중한 날들
새록새록 떠올리며 참 열심히 살았구나.
이 사람 로봇 같지만 사실은 따뜻한 사람이었지
다시 깨달았습니다.

우주의 티끌만큼 작은 내가
아무것도 아니었던 그와 만나
세상의 중심인 우리가 된 것처럼
《아빠 시집》을 통해 많은 분들과 옷깃을 스치는
연이 되었으면 합니다.

아빠 시집

ⓒ 유로아빠, 2025

초판 1쇄 발행 2025년 1월 2일

지은이   유로아빠
이메일   neoflight@naver.com
펴낸이   이기봉
편집   좋은땅 편집팀
펴낸곳   도서출판 좋은땅
주소   서울특별시 마포구 양화로12길 26 지월드빌딩 (서교동 395-7)
전화   02)374-8616~7
팩스   02)374-8614
이메일   gworldbook@naver.com
홈페이지 www.g-world.co.kr

ISBN   979-11-388-3865-8 (03810)